初時雨

松林尚志

詩集

砂子屋書房

＊目次

I

II

III

Ⅳ

装本・倉本　修

詩集　初時雨

I

船

重い闇を傾ける
横たわるベッドの上には実にさまざまな夜が降りてくる
ベッドは船だから　船は乗物だから
夜毎虚空へと船出するのだ

包繃を解かれた魂は蒼白に歪んでいるのだろうか
皺の寄った赤子のようにか　老いた天使のようにか
蛍ほどの淡さとなって　船出してゆく

もう一つの存在の海にあらわれるために
地上に縛られて展転とする肉の存在
惨憺たる風景に照らし出され
次つぎとあらわれる不治の病をやむ人の顔
もう一つの戦いのなかで私はみなし児だ

やがて暁　船は帰ってくるだろう
柩のようにひっそりと
魂は肉の存在と一つになり
正しい仰臥の姿勢を取り戻すだろう

夜の歌

たましいには庭もねぐらもない
そこでおいらの鋭い骸骨にぶらさがり
おそろしそうに羽ばたくのだ

リルケ

横たわるベッドの輪郭をおぼろげに浮かび上がらせ
深夜私は覚めるともなく薄明の世界に連れ出されている
たぶん私を訪れるものがいてしきりに私の扉をノックしていたのだ
ひたひたと私の魂を浸して蒼白な魂が打ち寄せていたのだ
私の住処に光は鈍くしみわたり
しんしんと眼冴え　したたるばかり深い底へと穿たれてゆく
どこかに寄る辺ない魂が彷徨っていて
泣き腫らした眼をうつろに見開いている

身近な魂は幾重にも織り合わされ絡まりあいせめぎあい
私のなかで翼を休めている
時には深く突き刺す痛みとなって伝わり
時には暗澹たるまでに私をしめつける
私に出来ることは悩める魂に存分に照らし出されてあることだ
ゆきどころない魂を容れてやることだけだ
そのためには自由に出入りできるように
魂の扉を開け放っておかねばならない
しかし　私は没落した天使のように焦がれ出ては
地上に叩き付けられ　打ちひしがれている
決して天上に舞う翼を持たないのに遠くを焦がれている
私は自らの住処を荒れるに任せ
彷徨を繰り返してきたのではなかったか
そして　私を織りなしている親しい魂を

いくたびか迷子にしてきたのではなかったか
今私の荒れ果てた部屋を蒼白な寄る辺ない魂がさまよっている
私はいつまでも悩める魂と向かい合っていよう
いつか苦しみが安らぎ　二つの魂が安らかに眠りにつく時
私たちはきっと天使に照らし出されているだろう

魂　魄

生者為過客　死者為帰人
天地一逆旅　同悲萬古塵

李太白

鬼は帰なり
中国では鬼は死者のことだという
死者は魂魄となって帰っていくのだ
魂は雲　魄は晒された白骨
死者の魂と肉体は離ればなれに一方は天へ昇り
一方は地に帰っていくのだ

新鬼煩寃旧鬼哭　天陰雨声啾啾

杜甫が戦場のあとに聞いたのはまだ中有をさ迷う死者の声であったか
しかし私の聞く鬼哭は決して死者ではない
おには生きて私のなかにいる
姿を隠した落魄した隠《おに》だ
私はおにがすすり泣くのを聞く
おにはかつて私のなかで雄雄しく猛猛しい荒らぶる神ではなかったか
私は修羅を駆け抜けてきたのではなかったか
いま汚辱の記憶のなかで鬼は見る影もなく落魄し
異形の相貌を隠している
決して姿を現してはならない暗闇に棲んでいる
しかし修羅を生きる私のなかで鬼は不意に出没する
私は鬼に掠めとられる
鬼が私か私が鬼か分からないすばやさで

鬼は帰してやらねばならない
鬼は肉体から癒されねばならない
雲と水の光り合う微塵の果てへと

漂う生命

命ははてしない海に浮かぶ心もとない一艘の船であろうか
私にはそれがどこから来てどこへ行くのかわからない
波に翻弄されては天国と地獄の間を行きつ戻りつしている
私には船が広大な意思　広大な力のままにたゆたっているのが分かる
私は命という船に揺られているささやかな積荷
積荷は碧い海に消えて跡かたもなくなるであろう

船は歓びと苦しみを載せ　希望と絶望とを載せ

つつましい櫂を軋ませる
凪の日と風雨の日　酷寒の日と暑熱の日を経めぐりながら
船はやさしく年輪を加える

私には沢山の命が
生まれては滅び　滅びては生まれるのが分かる
無数の船がさまざまな表情を浮かべ　ひしめいて漂っているのが分かる
航海はときに巨大な船にいるように海を感じさせない堅固さに続き
ときに結んではかつ消える泡沫のようにはかない

せめて晴れた日は太陽の恵みにほしいままに身を晒していよう
はらからや親しい友　ともに働く仲間たちとしっかりと結びついていよう
静かな夜はきらめく星座のなかの一つの星に眼を凝らそう
船べりを打つ波の音に耳を澄まそう

私は大きなうねりに身を任している
はてしない海にもまれ漂っている

早春

海はおびただしい死者を洗い清めてどこまでも碧い
早春の寒さに身を引締めて果てしなく拡がり
地鳴りのような轟きをこもらせる
おどろおどろしく押し寄せてくるあの音に耳を傾けよ

岬へと大地がせり出す岩礁地帯
波をかぶっては漆黒の巌が現れる
ずぶ濡れの頭蓋のあたり

うがたれた眼窩の奥の暗闇に眼をこらせ

巌頭に羽広げるはいかなる偸盗の末か
波にもまれ漂う海鵜の一群れ
けなげなる生命の残党よ

海は原始の生命を育んでどこまでも碧い
さかしらな人間を寄せ付けない豊饒の海
しなやかに鷗舞い　魂遊ぶ　果てしない海

星　座

深夜の高速道路を走っている
独り密室に醒め　暗黒の地表を滑っている
きらめく星座の天蓋へと吸われ
エンジンの発する単調な響き
ラジオが流すビートの効いたジャズ

ボリュームを上げ　ダイヤルを廻すと
交じってくる中国語や英語や韓国語

スピーカーという井戸から潺湲《せんかん》と声は湧き出る
世界はひしめき密集してこの孤独な部屋を満たす
この果てしない宇宙はシャワーのように降り注ぐ
さまざまなメッセージで溢れているのだ

スイッチを切るとエンジンの音だけが単調に響く
私は夜間飛行機の灯ほどに孤独な空間に身を任せている
私には何一つ聞こえてこない
この暗黒のなかで盲目に等しい眼を開いている
しかし魂はさまざまなメッセージに忙しく反応しているのではなかろうか
たぶん　神は私の見知らぬ受信機を鳴らし続けているに違いない
霊魂は忙しく出入りし　アンテナは震え続けているだろう

時速百キロの魅入られた疾走

ハンドルを操りながらふと恐怖の想像がかすめては過ぎる
私は私の意思でハンドルを操っている　と思う
しかし　私は私の見知らぬ人によって操られているのではなかろうか
その人の意思は瞬時に私を地獄へと突き落とすことができる
私にできることは限りなくやさしく視線を浄めることだけだ
限りなく祈りに近く　貧しいまでにつつましく　降り注ぐ星座に打たれる

やがて車は漆黒の鉄塊となって溺れるように灯の海へと滑り込んでいくだろう

同行二人

私と一緒に歩き　私と一緒に臥したりするもう一人の　私　がいる

その人はたぶん私よりずっと長い年月を生きてきたはずだ　私の背後に私に覆いかぶさるようにして私をうしろから見つめている　私は私の意識がその人の意識をそのまま映しているのではないかと気付いてはっとする時がある　その人は何千年の時を隔てた彼方から穏やかで優しい眼差しをおくって寄越す　私はそんな眼差しを感ずる時　自分が地を這う昆虫ほどにみじめに矮小にみえる　短い一生をあくせく足掻いているにすぎない自分がみえる　たとえ私が忘れ

ていたとしても私はその視線から逃れることはできない　その人の
視線は私のごく狭い視野をすべて包み込んで遠い過去から未来まで
も刺し貫いているのだ　だからその人からみれば私はほとんど盲目
に近く杖もなく暗闇を歩くに等しい　私は時に私の主人の存在を忘
れてわがままな王のごとくに振舞ってはみじめな失敗ばかりを繰り
返す　だからといってその人は私がどんなに謙虚に語りかけても
どんなに救いを求めても私の前に現れることは決してない　何故な
らその人は私の外に私と対立してあるのではなく　どこまでいって
も私の背後に私を押し包んでいるだけだからだ
たぶん私が荷車を引き　黙黙と大地を踏みしめて歩く驢馬のように
純一になれる時　私はその人と一つになっているに違いない

法会

さざなみをたてるほどの死がある
残された者たちに淡雪ほどのかなしみを降り積もらせ
静かに去っていく死がある
しかし　長いこと寝たきりで　半ば惚けていたとしても
どんなに天寿をまっとうした大往生であったとしても
残された者たちに　新鮮な涙で浸される
深い欠落をもたらさない死はない
どんなに静かな死であっても

なにほどかの口惜しさと　心残りと　夢の燃え殻を
葬らないで立ち去る死はない
残された者たちは死者の口惜しさのなにほどかを負担して生きる
なにかしら償ってやらねばならない負い目をおって生きる
より集っては供養し　成仏を祈る
生きていることすらなにほどかの負担を相手に強いないない生はないのだから
せめて死者の口惜しさを心おきなく引き受けよう
死者よ　さびしさはいまいかなる断念の岸辺をさまよっているか

一族再会

秋天に富士が身をさらしているのが見える
優美に聳える全身を爽やかな大気に浸している
豊かに拡がる車窓の風景に視線を洗わせていると
私の魂も無限の大気の中にさらされていくようだ
死者の旅立ちを送るため　私も束の間旅人となってふるさとへ
土と一つとなった血のふるさと　母の地へと向かっている
死者と寄り添う心は何故か放心したようにやさしい
かなしさでもなく　さびしさでもなく　むなしさでもない

それらすべてを包み込んで透きとおっている
誠実に生きて命をまっとうした人の心に洗われている

生きることに没頭している日々　日常の修羅から遠いところへと
くいこんだ生の棘が一つ一つ解き放たれていく
葛の生い茂る堤や薄の穂のそよぐ原がつぎつぎと過ぎ去っていく
色付いた葡萄の斜面に眼を滑らせ　押し迫る山巓に胸をときめかせる
北の涯から飛んできた雁のように　魂の翼を思い切り虚空にさらそう
死者の棲む無限の虚空に心を委ねていよう

野辺の送りの道には野菊や茄子の花が深い冥界の色をにじませていた
山椒や櫟やアスパラが深紅の実に晩秋の日差しを集め
もの言わぬ死者たちのメッセージをひっそりと送っている
再会した一族が三三五五墓地のあわいを埋め

喪服に弱い日差しが沈黙する
いくかわり生者たちは墓地を訪れただろう
古い墓石や新しい墓石が思い思いの向きに寄り添い立っている
すべてが幻でしかない故にこの一瞬を精霊が満たす
石たちはすべてを見つめながら永劫に冷えているだろう

巡礼

巡礼が行く　白衣に包まれた巡礼が行く
癒えることのない病をもった人たちが
鈴を鳴らしながら黙々と歩いて行く
誰も身体のどこかが欠けたり崩えたりしている
しかしその眼はなんと澄んでいることだろう
私の住いをめぐり　私の城をめぐり
巡礼は日課の散策のように私の存在をめぐって行く
かれらは病むことによって不死に至った

私は五体健全なのに心を病んでいる
かれらは称名を唱えながらなんと美しい鈴の音を響かせるのだろう
生きることから癒された巡礼が行く
祈りを永遠のものとした巡礼が行く
私は死に至る病に苦しめられている
私は生という砦に住まう城主だ
幽閉された生の囚人だ
いつそそり立つ壁は崩れ去るだろう
私を鎧っているもろもろの驕りが砕かれるのはいつの日であろう
私はいつすっかり洗われて澄んだ眼の一人に仲間入りできるのであろう

II

初時雨

うそ寒い時雨が押し包むように訪れている
足音を忍ばせ　ひたひたと限りない遠さから寄せてくる
私はかき抱くように布団にくるまったまま耳を澄ましている
私の魂だけがいそいそと旅支度を始め　漂泊の旅に出る
初老のさびしさをかきたてるようにあてどない旅に出る
ひび割れた欅の幹を濡らし
枯れた葦を濡らし
朽ちた白壁を濡らし

降るともなく降る時雨のように訪れる
枯野の犬を濡らし
旅人の蓑と笠を濡らし
懐かしい歌枕を濡らし
語られぬ言葉を濡らし
しんしんと訪れ　しんしんと去ってゆく
まつわりつく存在の衣裳をどこまでも脱ぎ捨ててゆき
寂寥が魂を透きとおらせるまで
私はさまよう

みのむしの得たりかしこし初しぐれ　　蕪村

墓域

訪れる時雨に暮れていく墓地
そのあわいに野菊が清浄な光を放っている
野菊の一むら一むらには死者達が濃やかに立ちこめているようだ
熱い血や肉のいましめから癒された死者達がひっそり寄り添っている
雨に洗われて隠れていた死者達がしめやかに薫っているのだ
昼の形ある生者の世界から　夜の魂の分厚くきしむ
死者の世界へと移り行くあわい
虚空には死者達がしきりに飛び交う

墓地は虚空へと往き来する魂達で溢れるプラットホームだ
死者達の世界は懐かしい
次第に暮れてゆく夕闇のなかで
野菊はいつまでも魂の瞼を洗わせている

頂上や殊に野菊の吹かれ居り　　　石鼎

針葉

ヒマラヤ杉が花の春を迎えて　けもののように蹲っている
全身を剛毛でおおわれ　深深と蒼黒い毛皮の手足を垂らしている
この春の眩しさの中でおんおん泣いているようだ
お前には北極圏の鋭い寒さが相応しい
温かい雪にくるまって冬を耐えている姿が相応しい
お前は星の凍てつく季節をのそのそと夜空を歩いてきた
しみいる体臭を発散させ　凍てつく星をちりばめて
遠く弧を画きながらきらめく星空をめぐってきた

今あらぬところに迷子になり　大きな図体を隠しかねている
いつになったら北極へと辿りつけるだろう
花が咲いて子供たちが遊んでいる
大きな図体を無視されてヒマラヤ杉は
仲間はずれのけもののようにべそをかいている

さびしさや華のあたりのあすならふ　　　芭蕉

紙魚

長い夜のしじまに耳を澄ますと
カリカリと乾いた木片を噛む音がする
乾いた私の部屋　私の頭蓋の砂漠を
ひたひたと侵蝕するように眼にみえない虫たちは押し寄せてくる
蝕まれてゆくのはおびただしいコトバの詰まった乾いた紙の果肉
私の城
私の知らないところで　私の知らない間に
黙黙とかれらは侵蝕することを止めない

やがて昆虫たちは巨大に育ってゆくだろう
そしていつの日か昆虫たちがつぎつぎに羽化する時
堅固な城は音を立てて崩壊するだろう
その時たぶん廃墟となった私の中から
昆虫たちと一緒に飛び立ってゆくものがあるに違いない

夜ル竊ニ虫は月下の栗を穿ツ　　芭蕉

余韻

深夜遠くで雷が轟く
暑い一日が終ってもまだ熱気を払いきれないでいるのだ
冬の雷はこもるように腹の底に響く
春の雷は大地を叩き起こし　眼覚ますように轟く
夏の雷は有無をいわせず　破壊的な一撃で襲ってくる
今この静かな深夜　遠くで響く雷は
昼の余韻を楽しんでいるようだ
とりとめない虚空にも

幾重もの柔らかい仕切りがあって
いくつかの部屋を反響させている
音はまるいふくらみを持つかたまりのように生きている
時に天はまだ憤懣をくすぶらせているように
思い出しては乾坤を揺すぶっているのだ

雷のひと夜遠くをわたりをり　　草田男

Ⅲ

道の神

蜘蛛の糸が雨上がりの朝日に光っている
目覚めた木立の緑を背景として
糸だけが鮮明な空間を広げている
張られた糸の間を今
さまざまな神たちが行き交い通り過ぎて行く
新鮮な呼吸のように神の息吹が
張られた糸の間を通っている
眼に見えない大小さまざまな神たちよ

古い神や　新しい神
いたずらっぽい昆虫たちよ
張られた糸の中心にはきっといかめしい道の神様が居眠りしているはずだ
天網は恢恢としてこの朝のひと時美しい魂を通している
私はいつか昆虫のように小さく軽くなって
私の中の悪鬼をあの道の神さまに喰われることを夢みる
あの見えない神々のように自由に往き来できる日がくるために

イ短調カルテット

深いしじまを破って四つの弦が静かに鳴り始める
美しく澄みわたったハーモニーが
深い魂の底からせり上がり　たゆたい満ちてくる
堪えることの極限にまで研ぎ澄まされた魂
その強靱な魂がかき鳴らす旋律
どこまでも純粋な祈りに近く
ほとんど神の崇高さに近付く
祈りはかくも魂の深淵に届くことができるのだろうか

祈りはもはや神の偉大さと一つだ
いくたびも揺さぶられ震えおののく魂
絶望の果て　祈りは浄化され　聖化され
魂は至福の歓びへと高められる
決して解き放たれることのない歓喜
限りない憧憬へと高められる平安
聞くものを恍惚とした涙へと誘う

創造する人間の魂の偉大さ
私はその魂と一つとなった歓びに浸されたままだ

牛乳配達人

牛乳配達人が家々の戸口をまわる頃、私はいくつ目かの寄港地で新月のごとき胎児を夢みていた。乳白色の薄明のなか、私は萎えた胎児をいくつも葬った。舟はねっとりとした湿地に横たわり、白い肉体のように光ったり、暗い羊水の海に浮かぶ顔のない胎児のたゆたいのようでもあった。形をなそうとして形にならない舟はまだ海を知らなかった。牛乳配達人の壜の触れ合う音が舟をゆらめかせる。いくつかの寄港地だけがあって、どこにもひらけてゆく私の海は見当たらない。顔のない胎児を

幽閉する港だけがあらわれては消え、私は決して誕生すること
のない胎児をいくつも葬るほかはないのであった。

重力

水槽の中に魚が浮かんでいる。横四十糎、高さ二十糎ほどの水槽だ。魚は水の中で重力を持たない。魚は何処にも支点がないのに宙に浮いたまま静止している。そして時に、敏捷に上下左右に移動する。かれらは身を支えるのに何の力も必要としていないように見える。

ある日、水槽の中の一尾が弱ってきて、苦しげにあぎとい、時々腹を見せるようになった。正常な姿勢を保つことができても、しばらくすると身体を横転させながら浮き上がっていく。水面からまた力を振りしぼって身体を立て直し、水中へ、あるべき中心へと泳いでいく。しかし、それも長くは続かずまた腹は裏返ってしまう。裏返され、白い腹を見せたまま水面で魚はやがて死に至るであろう。魚にとって水面は天際であって、まさに昇天するのだ

私は魚が水中に静止するのになんの力も必要としないと思っていた。しかし、一定の姿勢を保つために必死の努力をしている魚を見て、私の考えを改めねばならないと思った。人間、このどたりとした重たい塊りを私はどれだけもてあましてきたことか。私は魚の存在に羨望を抱き続けてきた。しかし、魚とて一定の均衡を保つために努力が必要な時があるのだ。

どんなに寛いだ姿勢でベッドに横たわっていても重さに耐えられない時がある。まんじりともせず寝返りを打ち続ける。人間の肉体はどこまでも大地に縛られている。永久に昇天できないで地上に朽ちる。魂を別とすれば。

少女

一人の死は一つの宇宙を消滅させる
万巻の書を旅し　何十年世界を見続けた魂も
死によって閉じられ　世界の裏側へと消える
虚ろに開かれた瞳の奥の死

自分の宇宙も長い年月の堆積があるはずだ
私は自分の領土を均し　耕し　作物を育て
またいくつかの城を築いてきた

しかし　それはどこかで絶えず醱酵し　朽ち　風化して
時の岸辺を零れ落ちてゆく
そして　私には私の領土が見えない
世界に照らし出されている瞳は内側に盲目だ
夜空をまさぐる探照灯のようにか
深い海底に下ろされた釣鉤のようにしてしか
私は私を取り出すことができない
私には私を見守ってくれている
真の主がいるのかどうか分からない

自分に自分の宇宙を照らし出されるのは
美しい少女にじっと見つめられている時だ

愛

私は長い年月をかけて造り変えた。かつて私にとって天使であり、女神であったひとを。眩しく私に君臨したひとを。私と同じような猥雑さと同じような感傷と同じような好悪を持った私の情念の形に、私は作り変えた。長い月日を繰り返し眺め、まさぐりあい、触れあい続けることによって、土をこねるように私は私に相応しい塑像を造った。そして私はあのひとを私の棲家とした。おそらく絶えざる工作の過程は私自身をあのひとに似せてゆく過程であり、あのひとを私自身の形に引きずりおろす過程であったに違いない。時には思うようにことが運ばないからといっては放り出して勝手な方向に歩み続け、激しくあのひとを悲しませたこともあった。私の堕落があのひとの軽蔑と反撥に遭い途方に暮れたこともあった。そうやって私は高められ、私は堕ちた。今は同じ棲家に液体のように寛ぐ。だから私は私自身を時折見失い、またあのひとを私自身と錯覚したりする。視線はなんのためらいもなく無遠慮に瀰漫するし、指先はぞんざいにどんな部分にも触れることもできる。どんな単純な動作にも複雑な情緒を容易く伝えることができる。しかし、そのような棲家であっても、時々どうしようもない不分明な闇をさ迷う時がある。私自身、自らを維持するために固く海老のように貝のように自分の領土を鎖してしまう時がある。あのひとが横に寝ている時でも果てしなく遠く感ずる時がある。無感動な物体のように、あのひとの身体が私の身体と隔てられていることに恐怖を感ずる時がある。そんな時、私は区切られ封じこめられた自らの身体全体で世界のぬくみを確かめ、世界との通路を確かめるために、私はあの人を抱き寄せ、激しくあの人の内部《うち》へと溢れる。

人魚

白いフランネルのズボンでもはいて海辺を
歩こう　人魚が歌を歌い交わしていたのを
聞いたことがあったっけ　「プルフロックの恋歌」

ゆくりなくも潮風に誘われるまま海辺へと出た
砂浜には竿を立て青い海の底からの信号をじっと待っている人がいる
竿先に伝わってくる微妙な信号に視線を凝らしている
ぴんと張った糸が竿の先から遠い海底へと続いているのだ
波は絶え間なく寄せてきては白泡を浜に広げては消える
砂浜の向こう　果てしない水平線の下は龍神たちの住む別の世界だ
海草などのあわい　紡錘形の魚たちが往き来し睦み合う

思い切り遠くへ投げられた糸はアンテナだ
糸からは竜宮のさまざまな鳴動やささやきが伝わってくる
竿をしなわせてじっと立ち尽くす人
とつぜん竿は確かな反応に身震いする
あの人はあわてて竿に取り付き　竿を思い切り引き絞る
激しい竿との格闘
仕留めたのは如何なる竜宮の裔か
やがて砂浜を引きずられてきたのは此の世の青白い囚人
あえかなるシロギス

私はそそくさと塵界へと歩みを返す

渚の風景

ぼくからはどんなに叩いても
古いほこりや古い垢
燃え殻や　反故の山
古い涙や悔恨がこぼれ出るだけだ

叩けば千の小鳥が飛び立つ
熟れた千の果実がまろび出るような
もともとそんな風土とは無縁だったのだから

こうして老いた難破船から何がとり出せるというのか

ぼくはおきてにのっとり　身辺を整え
四囲をかすがいのように支えてひたすら走り続けた
もはやとどまることは許されないのだ
築くべき神殿があるわけではない
辿りつくべき蜜の地があるわけではない

日ごと岸辺に打ち寄せられるぼくは漂着物
いつも気がつけば津波の過ぎた海辺のような
ちぎれた断片のなかに呆然と坐っている
がらくたやちりあくたばかりが溜ってゆく
とうが立ち　ひび割れた日々

駱駝は砂漠を航く舟だという
たとえ日々が砂漠の道行きだとしても
砂漠は真っ青な海に変わるかもしれぬ
駱駝は海をすべる舟になるだろう
日々の困難に耐えること　それが生だ

やがて終の岸辺に打ち上げられるだろう
ぼくは終日碧い海に染まっているだろう

作品

なぜなら人間の生活と偉大な仕事のあいだにはむかしから何かわからぬ深い敵意がかくれているのだ
リルケ「鎮魂歌」

私はそこに近付こうとしていつも手ひどい仕返しを受けて帰ってくる。そこは液状の闇の奥のきらめく宝石の氷る世界だ。私のような余所者がそこに近付くには孤独を研ぎ澄ます心の準備と待ちのぞむ長い忍耐の時間が要求される。それでもその世界はいつ訪れてくれるか分りはしない。私の濁った眼は洞然と虚空に見開かれてきれぎれに断片を追うだけだ。私はランボーのように見者ではない。私は星空に大きな熊も見なければ蠍も見はしない。世界の表面を日々追い立てられて落葉のように滑っていくだけだ。だから私には闇の中にぎっしりつまった亡者達を見ることもできなければ、きらめく言葉を取り出してくることもできない。まして私にはハシッシュもなければ天与の才もない。その世界はたまたま直面せざるを得なくなった不幸の代償としてまれに垣間見られたり、長い苦闘の果てに辛うじて辿りつくだけだ。おそらく人が近付くことをきびしく拒否している壮麗な全き世界があるはずだ。人々はさまざまな角度から遠望し、足を踏み入れ、手探りをして、その世界の断片や模造品を仕上げて作品と名付ける。作品はすでにあるものを奪いとることに過ぎない。それは神への挑戦であり、呪われた行為だ。不毛の彷徨の果てにそこから帰ってくる私はきまって地獄から帰ってきた顔をしている。長いこと口をきくこともできないほど不機嫌に放心し蒼ざめている。何故私は明るくおだやかなこの小春日の世界の秩序を乱そうとするのだろう。一つの世界の秩序を乱そうとするのだろう。一つの世界を創造する傲慢を持とうとするのだろう。しかし、私は性懲りもなくそこに近付こうとするだろう。どんな断罪も復讐も甘んじて受ける覚悟で、盗人のように私は私の作品を奪い取ろうとするだろう。何故なら私も創ることに魅入られた一人であり、作品によって贖われるものの大きさを予感するものの一人であるが故に。

登攀者

J・デューイの『芸術論』に寄せて

私は長いこと薄暗い片隅で隠微な旅を続けた。一冊の書物の展開してみせる風景は冒険に富み、険しく屹立していた。思索した人の書物は疑いなく堅固な構築物であり、石を積み上げた城砦であった。思索することは階段を登りつめていくことのようであり、正確な地図を作成することのようでもあった。言葉を辿り、堅牢に結びつけられた文章を辿ることは忍耐強い歩行に違いなかった。言葉は仏陀の教えのように乗物としてあるばかりではない。時にはザイルをしっかり握って一歩一歩辿らねばならない道として横たわっている。

分厚く敷きつめられた活字の集積を前にして私はしばしば嘆息を洩らす。しかし、模糊とした私の未開の領域は光に照らされ、筋道をつけられ、次第に輪郭を明らかにしていく。明快な命題は美しい風景であり、快適な歩行である。不透明な理解は霧のなかでのように道を見失わせる。道は鬱蒼と茂る森を抜けたり、聳える急峻に続いていたりする。私は歩行に熱中する。時には言葉は急に押し黙る。文字はたんなる蟻の列でしかなくなり、言葉はたんなるオブジェ、たんなる石としてなんの脈絡もなく転がっているだけだ。私は気をとり直してピッケルでこつこつ叩いてみる。取り上げてためつすがめつ意味の所在をたずねてみる。石は不意に意味の輪郭をあらわにしたり、少しずつ概念の領域をのぞかせてきたりする。私は正確な外延を確定しようと焦る。意味は決して単独で成り立つのではなく組合された構造物であり、関係そのものとして成り立つ。私は行きつ戻りつしながら先を急ぐ。一つの命題の上に次の命題が組立てられていく。美とは何かについて、芸術とは何かについて、時に迂遠に、時に直截に、次第に網は狭まっていく。私は苦悶を強いられる。そして長いこと私は思索した人の旅を旅した。私は眼を瞑り、旅の道程について思いめぐらす。それは処女雪に刻まれたシュプールのように鮮明であったり、私の中の無明な部分、カオスの部分を照らす光であった。しかし、私にはまだ自らの道程を充分に俯瞰することができない。登りつめた山もいつか森林に変わっており、ところどころ道は途切れ、風景は断片的にしか望むことができない。まだまだ私には正確な地図を画くことも、設計図を書き上げることもできない。私は途方に暮れる。しかし、私は久しくなし得なかった冒険の時間を自分のものとすることができた。なんと快い疲労であろう。私はいつかもう一度この旅に挑戦するだろう。

馬酔木の花

吾背子にわが恋ふらくは奥山のあしびの花の今盛りなり
奥武蔵の朽ちかけた御堂のほとり
清楚な花を一杯につけた馬酔木が咲いていた
私は古畑に薺を摘みにきた昔男
万葉の乙女が匂い立つ馬酔木の花を前にして
私の身体にも春が甦るようだ
激しい恋を経た初老の歌人茂吉は

遠い逢瀬を前にして箱根に命を養っていた
茂吉の前にも咲き匂う馬酔木の花があった
茂吉に蘇ったのは甘美な恋の日々であったか
目合はけだもののように哀しい
馬酔木の花はたかぶる心を鎮め
果てしない幻のごとき連想へと誘ったようだ
彼方の壁の上にはマグダラのマリアが現われ
城壁をくぐる駱駝の列が現われる
そして幻は木の芽を急がせる春雨のなかに
しめやかに包み込まれてゆく
花の咲く馬酔木のかげに吾が居れば山の獣やすらふごとし

初行と末尾の短歌は斉藤茂吉の歌集『寒雲』より

Ⅳ

詩人の肖像

田村隆一氏へ

R・T氏は何処においてもはみ出してしまうサイズの持主だ。いくら身体を折り曲げてもしっくりと納まることがない。どんなに丁寧な言葉遣いをしてもどこかぎこちなく、この人には相応しくないのだ。大きな突き出した鼻は猛禽類を思わせる。小さなくぼんだ眼は野性の狐だ。広くゆるやかな傾斜で禿げ上がった額は皇帝のように風を切る。そして、文明の神経質な小賢しさをあざ笑うようになんと大きな耳を持っているだろう。

この鋭利で颯爽とした詩人も今は老いた。痩せた胸板を庇うように丸めて歩く。金色のウィスキーが文明からはみ出したこの詩人を帝王にする。R・T氏にとってこの世はすべてサイズの異なった世界なのだ。いやそうではなくてぼくらがこの世界に寸法を合わせ、顔色を合わせ、素直に馴化させられてしまっているのだ。R・T氏をみるとこの目まぐるしく動く世界に翻弄されている人間がなんと小賢しく色褪せて見えることだろう。だからR・T氏の存在そのものが詩であり、文明の批評なのだ。

R・T氏は今日も痛烈な詩を吐き続ける。さりげない言葉そのものが詩になる。

相武病院にて　95・11・10日瀧春一先生を見舞う

病院の大部屋の真白なベッドに
九十四歳になる先生は埋もれるように眼をつむっていた
看護婦の呼びかけに
焦点の定まらない眼をうっすらと開きはじめる
遠く微かなものを少しずつ呼び寄せるように
挨拶をする私を見つめる眼の焦点が次第に定まってくる
この私なる人物は幻として浮かび上がっているのだろうか
声をかけ　ご機嫌をうかがう

何を聞いても〝あ！そうですか〟を繰り返すだけ
会話はつながらず暗澹とするばかり
ほの赤い老いの温顔のなかに
かつて菊五郎といわれた役者顔の面影が残る
ふと虚子の温顔を思った
花を飾ってあげるとしきりにお礼のしぐさをする
時々私をじっと食い入るようにみつめる
なにかを必死に思い出そうとしているようだ
尚志という幻の意味をたぐっているのだろうか
手もとが心もとないので匙でプリンを食べさせてあげる
おいしい　おいしいと言い舌つづみを打って全部平らげた
食べる楽しみが生のあかしだ
別れようとして手を握る
冷えたがっしりとした手が私の手を握って離さない

別れる時　しきりにありがとうという言葉を繰り返す
早口の聞き取りにくい言葉だ　私は静かに去った

私という存在は垂れ幕の向こうに幻のごとく消えていったのだろうか
薄明の生のあえかなひと時をよぎって

霊前にて　村野四郎先生を悼む

冬の寡黙なたたずまいの中に
書斎の四畳半はひっそりとあった
ぎっしりと本の詰まった書棚が囲み
ありし日のままに畳にも本は積まれ
ただ机がわりの炬燵が取り払われているだけだ
ここは五十有余年間詩を考え続けた人の内側の風景
夥しい活字で満たされたポエジーの砦
詩人の吐息が聞こえるようだ

あの人はだれもいない冬のたそがれ
ひそかに書斎に帰ってこないだろうか
残された『芸術』について思いをめぐらすために
それにしてもこの詩書達の蒼古とした年輪はどうだろう
あの人の脳髄は瑪瑙の縞で一杯だった
人は決して書物のように色褪せはしない
しかし人は決して書物のように生き続けはしないのだ
しつらえられた仏壇には蹲るように孔雀が置かれていた
今は永遠に飢えたままの主人に仕えるために
そして小さな写真が遠いところにある窓のように白く光っていた
あの人は遠い窓の向こうからいつまでも同じ微笑をほほえみかけるのだ
いつも私らを迎えたソファにはもう主人はいない
夫人のにこやかな笑みの合間
枯れきった庭の芝生がひと時涙のようにきらめくのだった

嵯峨野

いま落柿舎にいる
床几に腰を下ろし　秋の日を浴びている
芭蕉がここで「嵯峨日記」を書いたのは五月雨の頃
「窓前の草高く、数珠の柿の木枝さしおほい、五月雨漏尽くして、
　畳・障子かびくさ」い庵だった
いまは生い茂るむぐらもなく
よく手入れされた庭にホトトギス草が咲き
芭蕉の緑の葉がはなやぎを添えている

『猿蓑』の編集も一段落した芭蕉は
「幻住庵記」を清書したり
「笈の小文」を推敲したりしながら
杜国を想って目を醒まして涕泣したりする
　さびしさなくばすみうからまし　と歌ったのは西行
現在から芭蕉まで三百年　芭蕉から西行まで四百年
その遠いところに私はたっている
この建物が当時の落柿舎と同じではないとしても
それはどうでもよいことだ
風雅を求めることが何故これほどさびしいことなのであろう
風雅とは「さびしさをあるじ」とすることなのであろうか

修学旅行の学生達が賑やかに入れ替わり立ち代わり入ってくる
分厚い歴史を押し包んで嵯峨野はいまおだやかな田園風景としてある

若い人たちは不動の永遠の上を吹き散るあえかな花びらに過ぎない
古人は去ってしまったが　古人の残した作品が
鋤となり鍬となって私を耕してくれる
うらうらと古人の行き交う光のなか
私は束の間秋の日を浴びている
私のなかの懐かしい田園に日差しがそそいでいる
私は無性にさびしく限りなく懐かしい時間にたたずんでいる

義仲寺にて

大阪は御堂前、花屋仁左衛門方　翁は静かに枯野の夢を閉じた
遺骸は長櫃に納められ　夜陰あわただしく水路伏見へと向かう
従うもの其角・去来・丈草・乙州等合わせて十人
「からは木曾塚に送るべし　爰は東西のちまたさざ波きよき渚なれば」
義仲寺は生前の契深かりし所
芭蕉はしばしばここに旅装を解き　無名庵を営んだ
名も宣らず庵を結んで義仲の菩提を弔った巴御前
元禄二年　芭蕉はここに越年し　京を見やって薦かぶりを詠んだり

義仲や義朝を思う芭蕉の心はどこか蕭殺の気が漂っている
みずうみの縹渺とした眺めは芭蕉の心を癒したのであろうか

義仲寺にはさみどりの芭蕉若葉が旗のごとく垂れていた
古びた池には土蛙がもの憂く鳴き　筧の打ち返る音がする
義仲の五輪卒塔婆の右　自然石に芭蕉翁と刻まれてあるのが墓だ
ここからはもはやさざなみ志賀の湖は見えない
ショッピングセンターの横を通って湖のほとりへと歩く
そこには梅雨前の荒い波がコンクリートの護岸を打つ湖があった
遠近に白帆あそび　遠く比叡がかすんで見える
辛崎の松も　矢橋の渡しも今はみるよしもない
釣を垂れる近江の人と私はしばしゆく春を惜しむのだった

寄り添うカミ

弥陀の五劫思惟をよくよく案ずれば、
ひとえに親鸞一人のためなりけり
「歎異抄」

老いて気ままな日々を送っていても
時にきびしい仕打ちにあったり
思わぬ幸運が訪れてくれたりする
私はこれらのことが何ものかによって仕組
　まれていると思うようになった
しかし私にはその方の姿は見えない
私の行くてにどのようなことが仕組まれて

いるかもとより知る由もない
その不安とどう向き合えばよいのだろうか
私がとってきたことはその方の前にすべて
を投げ出すことだけであった
折りにふれてつつしみ　祈ること
そして　決して姿を見せないその方が　い
つも私を暖かく見守ってくれていると感
ずるようになった
その方は私のささやかな日々を力になって
くれる私の大切なカミとなった
人々は神々や仏に形を与えたりして折りに
ふれて祈る
私は神々やほとけを渡り歩いて今は私だけ
のカミを前にしている

あとがき

私は以前、中崎一夫、星野徹両氏等十人で「方舟」という詩誌を出していたが、平成二年に終刊となって以来、詩集を二冊出したものの重心は俳句の方へ移り、ほとんど詩作から遠ざかった感じで過ごしてきた。そんな私に砂子屋書房から再三にわたって詩集出版の誘いを頂いてきていた。それまでに変わった感じの二冊の詩集を出していたが、その後の作品は「方舟」の分を除けば数も少なくとても自信がもてなかった。平成に入って主力は評論の方へ移り、急き立てられるように次々と評論集を出し、気付けば卒寿を迎えていた。そして句集も昨年出したことでもあるし、ともかく締めくくる意味でも詩集をと思い立ったのであった。

作品をまとめるとしても中心となるのは「方舟」に発表したものであるが、その後の詩誌やアンソロジーに発表したものを含めても数が少ない。それ故、未発表のものを含めて一応一冊としての体裁を整えてみた。傾向も雑然としているが、一応未発表の二編について触れておきたい。「相武病院にて」の瀧春一先生は俳誌「暖流」を主宰していた俳人で、私は先生のお宅で下宿生活を送っている。先生は脳梗塞で倒れられ、長く入院していたが、この年に九十五歳でお亡くなりになっている。

村野四郎師とはたまたま辱知を得て、教えを受けるようになり、詩の世界に入ることになった。よく自宅にお伺いして教えを受けたが、昭和四十九年、私は喀血して一年間入院することになった。その間、四郎師もパーキンソン病で入院されたのである。私はその年の暮れに退院することが出来たが、先生はまだ入院中である。私はまだ治療中の身で、暖かくなったら見舞いをと思っていた矢先の訃報であった。葬儀には「方舟」の仲間と参加したが、改めてご霊前に詣でたのであった。

私は那珂太郎さんらの推薦を頂き、昭和五十二年に現代詩人会に入会している。その縁で詩人との交際も細々と続けてきた。とりわけ心強かったのは、五十二年から顔を出すようになった詩人囲碁界の存在である。今は亡い那珂太郎、加島祥造、飯島耕一各氏らも参加されていたし、小島俊明、原満三寿両氏との交流も囲碁界がきっかけであった。とりわけ郷原宏氏はよきライバルで優勝を分け合った時期もあった。文人囲碁界もその延長で仲間入りしている。

詩稿は期待に沿えるものであったかどうかはともかく、早速出版を決めていただいた。私の詩に心に留めて頂いていた方も大方鬼籍に入られてしまわれたことを思うと寂しさもひとしおであるが、ともかく一応の締めくくりが出来てほっとしている。改めて出版についてご配慮いただいた田村雅之代表に衷心より御礼申し上げる。

二〇二〇年八月二十三日

松林尚志

松林尚志（まつばやし・しょうし）
一九三〇年、長野県生まれ。慶應義塾大学経済学部卒業
現代俳句協会、現代詩人会、三田俳句丘の会の各会員
俳誌「木魂」代表、「海原」同人
著書　句集『方舟』（一九六六）
『冬日の藁』（二〇〇九）
『山法師』（二〇一九）
詩集『木魂集』（一九八三）他
評論『古典と正統』（一九六四）
『日本の韻律』（一九九六）
『子規の俳句・虚子の俳句』（二〇〇二）
『斎藤茂吉論　歌にたどる巨大な抒情的自我』（二〇〇六）
『芭蕉から蕪村へ』（二〇〇七）
『俳句に憑かれた人たち』（二〇一〇）
『和歌と王朝　勅撰集のドラマを追う』（二〇一五）
『一茶を読む　やけ土の浄土』（二〇一八）他
現住所　〒一六五―〇〇二一　東京都中野区丸山一―三―八

詩集　初時雨

二〇二〇年一一月二二日初版発行

著　者　松林尚志

発行者　田村雅之

発行所　砂子屋書房

東京都千代田区内神田三―四―七（〒一〇一―〇〇四七）

電話〇三―三二五六―四七〇八　振替〇〇一三〇―二―九七六三一

URL http://www.sunagoya.com

組　版　はあどわあく

印　刷　長野印刷商工株式会社

製　本　渋谷文泉閣